AF244332

SEIANVS
TRAGEDIE.

De Mr Magnon.

A PARIS,

Chez ANTOINE DE SOMMAVILLE, au Palais,
dans la Salle des Merciers, à l'Escu de France.

M. DC. XLVII.

AVEC PRIVILEGE DV ROY.

A

MONSEIGNEVR,

MONSEIGNEVR LE COMTE
Magnus Gabriel de la Gardie , Ambaſſadeur Extraordinaire de Suede en France.

ONSEIGNEVR,

Des que vous auez paru dans la Cour de France, apres auoir fait ſentir voſtre venuë par tous les lieux où vous paſſiez ; Et apres luy auoir enuoyé deuant vous vne belle renommée, elle vous a regardé auec admiration ; Et apres vous auoir long-temps conſideré, elle s'eſt retractée en voſtre faueur du ſentiment qu'elle a pour tous les Eſtrangers : Vous l'auez forcée d'aduoüer que toute la Politeſſe n'eſt pas chez elle : Et quoy qu'à l'exemple de la Grece, elle puiſſe traiter toutes les autres Nations de Barbares ; Elle a exempté de ce reproche le Septentrion, puis qu'il a, la gloire de vous auoir pro-

a ij

duit. Elle vous a tefmoigné, MONSEIGNEVR,
qu'elle faifoit vne eftime tres-particuliere de voftre
perfonne : Iamais Ambaffadeur n'a mieux plû que
vous à cette delicate, du confentement de tous ceux
qui l'a compofent, elle vous a iugé parfait, & vous
vous pouuez vanter d'auoir obtenu d'elle, ce qu'elle a refufé à tous ceux qui vous ont precedé : Combien de bouches ont loüé le glorieux choix qu'a fait
de vous, voftre illuftre Princeffe, pour vne Ambaf-
fade fi importante que celle que vous auez traitée :
Iamais l'efprit de cette incomparable Reyne, que
vous feruez, & à qui toute l'Europe rend fes hom-
mages, n'a paru fi eminemment, qu'en vous eflifant
pour vn fi celebre employ. Vous auez dignement
refpondu à l'attente des deux Couronnes, & ces
deux fameux Eftats, de qui l'éloignement ne peut
alterer l'intelligence, vous font redeuables d'vne
vnion qu'ils ne renouuellent de temps en temps que
pour la rendre eternelle : Que d'applaudiffemens
ne vous doiuent point la France & la Suede, pendant ce temps, MONSEIGNEVR, que vous faites le deftin de ces deux Royaumes : I'oze vous pre-
fenter l'Hiftoire du plus infortuné de tous les Politi-
ques & du plus digne de fon mal-heur. Ie veux forcer l'ambitieux Sejanus, à voir voftre Cabinet, à y
étudier vos maximes, & à faire cét adueu, que s'il les
euft pratiquées, fon Gouuernement auroit efté auffi
doux aux Romains, que le voftre eft aimable aux
Suedois : Vous feruez fi bien leur Monarchie, qu'ils

confeſſent à toute l'Europe, que vous meriteriez de
regner: Et ſi l'illuſtre ſang du grand Aſtolphe leur
manquoit, qu'ils iroient chercher dans voſtre maiſon vn ſucceſſeur digne des Maiſtres qu'ils auroient
perdu.   C'eſt vous, MONSEIGNEVR, qui ſuc-
cederiez à l'auguſte Guſtaue, dont la vie eſt pleine
de Miracles & à ſa diuine heritiere, dont le premier
âge eſt remply de prodiges; ſi bien que l'aduenir
doutera lequel du pere ou de la fille aura le plus
fait de merueilles, & lequel de leurs deux ſexes ſera
le plus glorieux pour les auoir donnez au monde:
Vous eſtonnerez auſſi l'Hiſtoire , MONSEI-
GNEVR, & nos nepueux verront auec admiration, combien dans vn ſiecle la Suede aura porté
de grands Perſonnages, l'on les verra ſe plaindre au
ſiecle de leurs ayeux , de n'auoir pas reculé voſtre
naiſſance iuſqu'à leurs temps, la France fait vne autre eſpece de plainte, elle ſe faſche contr'elle meſme, de vous auoir donné à la Suede, & ſi elle n'ap-
prehendoit de violer cette paix que vous venez
d'affermir entr'elles, elle reprendroit le preſent
qu'elle luy a fait : Mais, MONSEIGNEVR,
quelque eſtime qu'elle faſſe de vous, il faut qu'elle
vous rende : Tout le Septentrion vous redemande
auec impatience, deux Maiſtreſſes vous y attendent,
& celle dont la poſſeſſion vous eſt reſeruée, murmure contre nous de ce que nous vous retenons plus
long-temps. Repportez luy, MONSEINGEVR,
ce viſage qui ne s'eſt point ſi bien compoſé dans no-

ftre Cour, qu'on n'y ait veu, fans quelque efpece
de ialoufie, que la France n'eftoit point voftre ele-
ment, & que vous n'afpiriez qu'à reuoir cét aimable Climat ou font enfermez tous vos defirs : Ie fuis
affligé, MONSEIGNEVR, de vous auoir dero-
bé quelques momens, & d'auoir interrompu vos
belles idées, au point, ou tout libre des foucis que
voftre employ vous donnoit, vous rendiez toute
voftre ame à cette Princeffe, qui ne la veut partager
qu'auec voftre Reyne ; Ie finis, MONSEI-
GNEVR, en vous conjurant de fouffrir, que ie
me die,

MONSEIGNEVR,

DE VOSTRE EXCELLENCE,

Le tres-humble &
tres-obeïffant.

MAGNON.

PERSONNAGES.

TIBERE, Empereur de Romme.

DRVZE, fils de Germanicus, & nepueu de Tibere.

LIVIE, vefue de Druze, fils de Tibere.

FVLVIE, Confidente de Liuie.

SEIANVS, Fauory de Tibere.

APICATA, femme de Sejanus.

VOLVZIE, fille de Sejanus.

TERENCE, Cheualier Romain, amy de Sejanus.

MACRON, Colonel des Gardes de Tibere.

REGVLVS, fon Lieutenant.

Troupe de Gardes.

La SCENE eft dans Romme, dans le Palais
de Tibere.

SEIANVS,
TRAGEDIE.

ACTE I.
SCENE PREMIERE.

LIVIE, FVLVIE.

FVLVIE.

NOSTRE vnique remede, est de toûjours souffrir,
La douleur qu'on éuёte, est au poinct de s'aigrir.
Que dirà l'auenir de ce siecle où nous sommes ?

LIVIE.

Que mon sexe aura fait ce que n'ont pû des hommes ;
Et que leur lâcheté me donna lieu d'agir.

A

FVLVIE.

Ce noble sentiment les doit faire rougir;
Et nos Neveux verront l'impuissance de Rome,
En ce que tous nos temps n'ont pû produire vn hom,
Qu'elle a degeneré de ses premieres mœurs,
Et qu'elle a contracté de contraires humeurs:
C'est là l'impreßion que donne vne habitude;
Rome, insensiblement gouſte la seruitude;
Elle, qui pour la fuyr subjuga l'Vniuers,
Cherit son esclauage, & s'aime dans ses fers.

LIVIE.

Oüy, cette lâcheté diffamera noſtre âge,
De n'auoir pû produire vn homme de courage;
Vn Peuple belliqueux se soûmet à Sejan,
Et l'ennemy des Roys souffre vn petit tyran.
L'on immola Tarquin à la haine commune,
Appius Decemuir eut la meſme fortune:
Enfin, de temps en temps, les Dieux ont suscité
Quelque restaurateur de noſtre liberté;
En donnant des tyrans, ils nous offroient des aydes,
Et de là meſme main, les maux & les remedes.
Que n'ont pû les Romains? que n'ont ils pas osé?
Brute tüa Cesar, Cinna s'eſt exposé;
Et bien que leur grand zele ait paru trop injuſte,
Le premier reüßit, l'autre a fait craindre Auguſte;

A la honte de Rome, vn simple fauory,
Se conserue sans crainte, où Cesar a pery.

PVLVIE.

Sous ce malheureux regne où nous pouuõs tout craindre,
L'on oste aux affligez le plaisir de se plaindre;
Les Romains, comme vous, ressentent leurs douleurs,
Ils attendent du temps la fin de leurs malheurs.

LIVIE.

Par tes comparaisons, ma douleur est bien pire,
Sa mort peut rétablir le repos de l'Empire;
Et pour mes interests, fut-il cent fois pery,
Ferois-je par sa mort reuiure mon mary?
Ie treuuerrois encores la victime imparfaite,
Et ie me vengerois, sans estre satisfaite.

FVLVIE.

Laissez son châtiment à ses propres remords;
Ces bourreaux de la vie appaisent mieux les morts,
Quelque indignation, quelque desir auide,
Qu'on suppose en vn mort contre son homicide,
Le sang de son meurtrier luy paroist odieux;
Et comme par mépris il le remet aux Dieux,
Il semble abandonner le soin de sa vengeance;
Le Ciel qui l'interesse, en prend la connoissance.

A ij

LIVIE.

Des remords dans Sejan! il en pourroit former!
Luy, qui dedans le crime à pû se consommer!
A qui les attentats sont plus que legitimes!
Rien que le châtiment n'arrestera ses crimes:
C'est seulement la mort qu'il luy faut opposer;
Sans cet empeschement, Sejan va tout oser;
C'est vn torrent d'orgueil qui roule auec furie,
Dont le debordement inonde sa patrie;
Et dont le cours est tel, qu'il entraîne aujourd'huy
Tout ce qui se rencontre entre le Trosne & luy.
Purgeons Rome d'vn monstre, & sauuons là de blâme,
La perte de Sejan est l'œuure d'vne femme;
Le salut de Tybere est mesme dans mes mains,
Et ie puis ordonner du bonheur des Romains.

FVLVIE.

Et quoy, Sejan conspire?

LIVIE.

                                  Et quoy, cela t'étonne?
Ce monstre s'accoustume à n'épargner personne;
Tybere, agrandissant vn tel ambitieux,
Arma, sans y penser, le bras d'vn furieux,
Qui parmy tant d'horreurs ne s'estant pû connaistre,
Deuoit porter le fer dans le sein de son Maistre;

Ainſi s'eſtant défait des Fils & des Neveux,
Cette mort l'éleuoit au comble de ſes vœux;
Rien ne peut étancher la ſoif d'vn ſanguinaire,
Ny rien ne peut remplir les vœux d'vn temeraire.
Apprens par ce party qu'il a pû propoſer,
Et le deſſein qu'il a de vouloir m'épouſer;
Qu'il veut que noſtre amour ſoit comme l'entremiſe,
Et le couronnement d'vne telle entrepriſe;
Ainſi l'ambition ſe cacha ſous l'amour,
Et le meſme ſecret a mis ſon crime au iour;
Luy-meſme par ſa bouche affermit ma croyance;
Le Ciel qui l'aueugloit, permit cette imprudance;
Ce lâche empoiſonneur ſe vint luy-meſme offrir;
Ma joye ayda beaucoup à le mieux découurir.
Cette alteration que ſouffrit mon viſage,
Qu'il deuoit expliquer à ſon deſauantage,
Qu'il dût attribuer à mon étonnement,
Parut à ce credule vn vray conſentement.
I'arrachay ſes ſecrets, i'appris toute ſa vie,
Que mon Druſe eſtoit mort pour l'amour de Liuie,
Que la mort de Tybere en ſeroit vn effet,
Et qu'elle auoit cauſé tout ce qu'il auoit fait.
Voy l'inégalité des mouuemens de l'ame,
Des reſolutions que ſe forme vne femme;
Ie le voulois connoiſtre, & voulois éclater;
Et l'ayant reconnu, ie le voulois flatter:

Indigne complaisance, où tu me vois forcée,
Si ma langue est contrainte à trahir ma pensée!

FVLVIE.

La ſaiſon veut de vous de tels abaiſſemens.

LIVIE.

N'ay-je point prattiqué tous ces déguiſemens?
Auroit-on pû deffendre à plus de complaiſance?
Tant qu'il a fallu feindre, on a veu ma prudence;
Je me reputerois indigne de mon rang;
Et des grands ſentimens que me donne vn beau ſang,
Vne Niece d'Auguſte auroit cette baſſeſſe?
Une bru de Tybere auroit cette foibleſſe?
Et la veſue de Druſe vn ſentiment ſi bas?

FVLVIE.

Le grand cœur d'Agrippine a cauſé ſon trépas,
Voſtre longue prudence eſt encore neceſſaire.

LIVIE.

N'importe, entreprenons ce qu'elle n'a pû faire;
Ce temeraire Amant me demande aujourd'huy,
Eſpouſons le trépas, auant que d'eſtre à luy;
Châcun de ſon coſté va faire vne requeſte;
Luy demande mon cœur, & moy ie veux ſa teſte.

Cher *Druse*, cher *Espoux*, ie t'offre ce present,
Et ie t'immole apres vn cœur si complaisant !
Oüy, ie le vay punir d'vn delay si timide,
Et d'auoir si long-temps souffert ton homicide.

FVLVIE.

Vostre *Druse* estant mort, ie vous offre vn *Espoux*;
Vn autre de ce nom est-il digne de vous ?
Le reste precieux de la maison d'*Auguste*.

LIVIE.

Pleurons !

FVLVIE.

Foiblesse insigne, autant qu'elle est injuste !
L'ame doit reuenir de ces longues douleurs.

LIVIE.

Non pas quand nostre perte a merité nos pleurs.
Me puis-je consoler d'vne perte si chere ?
Luy, n'est-il point touché de la mort de son pere ?
Dis-luy, s'il a du cœur, autant qu'il a d'amour,
Qu'il vienne auecque moy signaler ce beau iour;
Qu'il me secondera dans cette noble enuie,
Et que c'est le secret de meriter *Liuie*.

FVLVIE.

Sejan vous a surprise.

Sejan entrant.

LIVIE.

                                O spectacle odieux!
Ma bouche encore vn coup, vas-tu trahir mes yeux?
Mon cœur, peux-tu souffrir cet indigne artifice?
Oüy, trahisons vn traistre!

SCENE II.

FVLVIE à l'écart, SEIAN, LIVIE.

SEIAN.

ET bien, chere complice,
La Fortune & les Dieux secondent nos desirs,
Et ie vay dans ce iour consommer mes plaisirs,
Par la possession des beautez de Liuie!
Joüissance, où ie mets le repos de ma vie!
Elle a toûjours esté le but de mes ardeurs;
Pour y mieux paruenir, i'y vay par les grandeurs;
L'ambition me menne où mon amour aspire,
Ainsi vous m'éleuez pour monter à l'Empire;
Et le Trosne me sert pour aller jusqu'à vous,
Ainsi l'égalité sera mieux entre nous;

                                              Le

Le rang d'vn fauory n'eſt pas conſiderable,
Si le moindre caprice en fait vn miſerable;
La volonté du Prince a trop de changemens,
Et c'eſt mal s'établir, que ſur ces fondemens.
Le pouuoir exceſſif que Tibere me donne,
Les charges qu'il vnit dans ma ſeule perſonne,
Ce nombre de faueurs dont ie me vois comblé,
Ce grand amas d'honneur dont ie ſuis accablé,
Ne compoſent enfin qu'vne grandeur commune,
Et ne ſont que des dons que i'ay de la Fortune;
Preſens, que ie ne vois que d'vn œil de mépris,
Toûjours preſt à les rendre, ainſi que ie les pris!
Je vous parois, ſans doute, vn temeraire inſigne;
Mais pour vous poſſeder, ie dû m'en rendre digne
Ie crû que ma grandeur auroit quelques appas,
Et qu'elle auroit en ſoy, ce que ie n'auois pas.

L I V I E.

Quelque éclat étranger qu'apporte vne Couronne,
Sejan luy donne plus, que ce qu'elle luy donne.

S E I A N.

C'eſt vous dont le merite honnoreroit vn rang,
Qui vous eſt deſia dû par la faueur du ſang;
L'Empire vous attend, & le Ciel eſt trop juſte,
Pour ne vous point placer ſur le Troſne d'Auguſte:

B

C'eſt vn droict dont les Dieux ne vous ſçauroïẽt priuer,
Et le Ciel par ma main vous y veut éleuer,
Vous va reſtituer cette haute puiſſance,
Et rendre à vos vertus vn droict de la naiſſance;
Auec trop de Juſtice vn Sceptre vous eſt dû;
Mais bien ſouuent, ſans crime, vn droict n'eſt pas rendu:
Il faut exterminer les enfans d'Agripine,
A peine vn rejetton reſte de la racine;
Il faut iuſqu'au dernier employer le poiſon,
Et iuſqu'aux fondemens détruire la maiſon.

LIVIE.

Sejan, n'attentez point contre le ieune Druſe?

SEIAN.

Quand vn Sceptre eſt offert, voſtre main le refuſe?
L'heritier d'Agripine aura le meſme orgueil,
Que ſa mere a porté iuſque dans ſon cercueil?

LIVIE.

Il faut entre vos coups mettre quelque interualle;
Des meurtres ſi frequens cauſeroient vn ſcandale;
Et deſia l'apparence a fait croire aux Romains,
Que ie participois dans vos moindres deſſeins.

SEIAN.

Madame, i'auray ſoin de voſtre renommée;
Je le feray perir au milieu d'vne armée;

Sous couleur d'employer le Neveu des Cesars,
Ie vay l'abandonner au milieu des hazars.

LIVIE.

Le mesme expedient ne perdit pas son pere,
Et contre vostre espoir, son sort luy fut prospere.

SEIAN.

Il n'a pû se soûtraire aux ruses de Pison,
Qui se sauua du fer, mourut par le poison,
Si proche de regner, tout nous est legitime,
Et ie vay couronner vostre teste & mon crime;
Le Trosne est deuant nous, & derriere un tombeau,
Quel spectacle des deux vous paroist le plus beau?
Marchons vers le premier, la veuë en est plus belle.

LIVIE.

La conjuration, en quel estat est-elle?

SEIAN.

Tout m'obeït dans Rome, & ma profusion
Range tous les soldats à ma deuotion,
Et pour former en eux un secours plus facile,
Ie les ay reünis dans le cœur de la ville.
De là, si ie les porte à des souleuemens,
Vous les verrez se rendre à mes commandemens,

Enfoncer auec moy le Palais de Tibere;
Sacrifier sa vie à leur prompte colere;
Et tous de cette voix, que pousse la fureur,
A l'aspect des Romains, me créer Empereur.
La charge de Tribun m'est encore necessaire;
Elle ébranle à son gré tout l'estat populaire;
Ie me l'assujetis par cette authorité;
Naturellement Rome aime la nouueauté;
Elle, qui dés long-temps vit dans la seruitude,
Se promet en changeant vn Empire moins rude;
Et d'ailleurs son humeur m'étonneroit bien peu;
Le naturel d'vn Peuple agit comme le feu;
S'il s'échauffe aisément à la premiere amorce,
Apres sa violence, il perd toute sa force.
I'aime mieux m'asseurer des premiers du Senat,
Et disposer les Grands à cet assassinat;
Ces petits Souuerains trainent la populace;
Et leur exemple abat ou soûtient son audace;
Ie n'agis point aussi comme ces imprudens,
Qui sont foibles dehors, & puissans au dedans;
I'aime le cabinet, mais ie veux la campagne;
Aidé des legions qui sont dans l'Allemagne;
Et du puissant secours que leurs Chefs m'ont promis,
Ie maintiendray le rang où ie me seray mis.
Que ne puis-je, assisté par ces troupes fidelles?
Par vn Courrier exprés, i'en attens des nouuelles;

Iusqu'à son arriuée, on n'entreprendra rien;
Son ordre estant venu, ie donneray le mien.

LIVIE.

Ie ne sçay qu'admirer dans vn si grand ouurage,
Ou de vostre prudence, ou de vostre courage.

SEIAN.

Mais comme mes desseins veulent quelque longueur,
Ne me rejettez plus dedans cette langueur?
Et dans ce long espoir qui menaçoit ma vie,
Que ie regne à loisir, mais possedant Liuie!
Dans l'attente d'vn Sceptre on se peut consoler,
Mais, Madame, en amour l'on ne peut reculer;
Ie ne puis differer vn moment dauantage.

LIVIE.

Voyez donc l'Empereur, touchant ce mariage.

SEIAN.

Il faut par vn écrit sçauoir sa volonté;
C'est comme il faut traitter auec sa Majesté;
La loy ne permet pas dans de pareilles causes;
Qu'on luy donne autrement connoissance des choses;
Terence de ma part ira luy presenter,
Et sur cet hymenée, il le pourra tenter:

Que ma femme en cecy me traitte d'infidelle,
Vn diuorce bien-tost me và défaire d'elle;
Et mesme apres le cours de son ressentiment,
Ie veux qu'elle authorise vn si beau changement.
Enfin nous te touchons, bien-heureuse iournée;
Qui te và celebrer par ce grand hymenée!

L I V I E.

Ie vay dedans ma chambre attendre vn si beau iour;
Ie veux voir, comme vous, la fin de cette amour.

S E I A N.

I'auray iusqu'à ce temps la mesme impatience.

L I V I E en s'en allant, & bas.

Tu l'as pour ton amour, & moy pour ma vengeance;
Il ne vient que trop tard.

S E I A N seul.

      O fortuné moment!
Ie me sens approcher de mon contentement!
O l'incommode objet! ô l'importune approche! Sa femme &
Fuyons cette ialouse? éuitons son reproche! sa fille en-
             trent.

SCENE III.

SEIAN, APICATA, VOLVZIE.

APICATA.

NOn, non, Sejan, arreste? & ne crains rien de moy?
Ie viens authoriser ton manquement de foy;
Ie te cede à Liuie, & luy quitte la place,
D'vn esprit moderé ie souffre ma disgrace;
Puis qu'elle contribuë à ton contentement,
Et qu'elle semble ayder à ton auancement,
Sejan n'estoit point né pour de basses fortunes,
Ny moins pour s'allier à des maisons communes;
Les Dieux luy reseruoient la niepce des Cesars,
Liuie estoit acquise à ses moindres regards.
Si c'est là ton motif, tu peux estre infidelle;
Va, sans me regarder, où ton bon-heur t'appelle;
Appaise, insatiable, vne si viue ardeur,
Et gouste, ambitieux, des fruits de ta grandeur:
Mais fais reflexion qu'elle est souuent fatale;
Prens-en, te défiant, la dot de ma riuale;

Et quelque grand credit que tu t'en sois promis,
Apprens à soupçonner le don des ennemis.
As-tu d'autres sujets d'abandonner ta femme ?

SEIAN.

Helas !

APICATA.

Te repens-tu ?

SEIAN,

Que ne vois-tu mon ame !

APICATA.

Je ne la veux point voir, cache là moy toûjours ;
Ne me decouure point tes nouuelles amours ;
Le soupçon que i'en ay ne m'est que trop funeste ;
Que dis-je, le soupçon ! ta flame est manifeste ?
C'est d'vn espoir trop vain que i'ose me flater ;
Le feu que tu cachois, va bien-tôst éclater.
Cruel, éclaircis nous d'vn amour si visible ?

VOLVZIE.

Seigneur, à tant de voix serez-vous insensible,
La Nature vous parle, & l'honneur, & la foy.

SEIAN.

Ie sçay bien mon deuoir, & ce qu'il peut sur moy ;

Ie cheris mes enfans à l'égal de may-mesme,
Et Rome a pû connoistre à quel poinct ie les aime;
Tous les jours ie trauaille à vostre auancement,
Et cherche à procurer vostre establissement.
A d'augustes partis ie vous ay fait pretendre,
Apres un Claudius, un Terence est mon Gendre,
Receuez de ma main un si celebre Espoux,
Et reconnoissez mieux ce que ie fais pour vous.
Consolez vous, Madame; Adieu, viuez contente.

SCENE IV.

APICATA, VOLVZIE.

APICATA.

CEtte brutale amour est enfin euidente.

VOLVZIE.

Le puis-je conceuoir?

APICATA.

Tu n'en dois plus douter,
Et mesme sans horreur tu ne peux m'écouter.

C

Ah, sexe imperieux! ah, puissance excessiue!
Le mary prend des droicts, dont luy-mesme nous priue!
Il decide à son gré de tous ses differens!
Il nous faut obseruer la loy de ses tyrans!
Ils vsurpent sur nous la puissance d'vn maistre,
Et nous mettent au joug, sans s'y vouloir soûmettre!

VOLVZIE

Il vous dût dispenser d'vne commune loy.

APICATA

Entor seroit-ce peu de me manquer de foy;
Il est bien plus coupable, apprens ses autres crimes,
Et voy si mes soupçons sont icy legitimes:
Il establit son regne auec beaucoup de sang,
Et la mort par son ordre alla de rang en rang;
Sa main se fit hardie à force de grands crimes,
Il se fit immoler des augustes victimes;
Le grand Germanicus luy fut sacrifié;
Le Senat soupçonneux s'en estoit défié:
Mais malgré son ombrage, il se fallut contraindre;
Rome, par habitude, auoit appris à feindre;
Le Prince estoit meslé dans ce grand attentat;
Sejan l'interressoit dans tous ces coups d'estat:
Il ne voit pas aussi que ce faux Politique,
Se veut seruir de luy contre la Republique,

Et qu'il veut l'employer en tant de lâchetez,
Comme un instrument propre à ces maschantez.
Ainsi par ce secret, l'vn & l'autre se joüe,
Il décharge Tybere, & Tybere l'aoüe;
Druze estoit vn obstacle aux desseins qu'il auoit,
Auec auidité Sejan le poursuiuoit,
Il fut empoisonné par les mains de Liuie,
Qui fut d'intelligence auecque son enuie,
Et qui pour s'attirer l'amour d'vn fauory,
Voulut contribuer à la mort d'vn mary.

VOLVZIE

Quoy, Madame, Liuie est donc si criminelle!

APICATA.

C'est là le sentiment que les Romains ont d'elle,
Dans tous les cabinets ce grand bruit a couru,
Et les moins scrupuleux, & l'ont dit, & l'ont crû;
Mesme le bruit est tel, qu'ils ont trompé Tybere,
Que leur bouche a rendu le fils suspect au pere,
Et que ce diferend, surpris par leur rapport,
Commit à ces Amans le genre de sa mort:
Ce qui donna du poids à cette erreur publique,
Fut qu'il ne pleura point la mort d'vn fils vnique,
Et que feignant dans l'ame vn excés de douleurs,
Ce cœur dißimulé luy refusa des pleurs.

 ## SEIANVS,

Ainsi, comme l'Amour, le meurtre les assemble,
Et de ces entretiens qu'ils ont toussiours ensemble,
L'on peut bien presumer qu'aprés cette fureur,
Ils ont pû concerter la mort de l'Empereur.
Lâche & cruel Sejan.

VOLVZIE.

C'est vostre Espoux, Madame.

APICATA.

O Dieux! a-t'il fallu que ie fusse sa femme!
Puis qu'il m'est deffendu d'offencer mon Espoux,
Contre mon ennemie, éclatte mon courroux?
Rigoureuse vertu, souffre que ie la voye,
Que i'aille par ma plainte interrompre sa joye,
Et que sans violer ce que ie dois à l'vn,
J'aille donner à l'autre vn spectacle importun?

VOLVZIE.

Madame, où courrez-vous?

APICATA.

Ie vais voir ma riuale,
Ie vay par elle-mesme apprendre ce scandale,
Et quoy que ce secret, ne me soit plus douteux,
Apprendre par sa bouche vn Hymen si honteux.

Fin du Premier Acte.

ACTE II

SCENE PREMIERE.

DRVSE, FVLVIE.

DRVSE.

Ourquoy, chere Fuluie, as-tu fait voir ma flâme?
Pourquoy luy montrois-tu les secrets de mon ame?
Que n'a-t'elle point dit contre ma vanité?
N'a-t'elle point rougy de ma temerité?

FVLVIE.

Prenez-en quelque espoir, puis qu'elle l'a soufferte.

DRVSE.

N'as-tu point veu ses yeux qui presageoient ma perte?
Ses yeux tous indignez, tous remplis de courroux,
D'où la haine chassoit ce qu'ils auoient de doux.
Elle perdroit Sejan!

FVLVIE.
Vous vous troublez vous-mesme.

DRVSE.
Osai-ie me flatter?

FVLVIE.
Sçachez qu'elle vous aime.

DRVSE.
Temeraire soupçon qu'une ville a conceu!
Soupçon malicieux, que j'ay si bien receu!
Legere opinion, tu m'as fait faire vn crime!
Mais quoy? cette creance estoit trop legitime,
En cecy l'apparence estoit toute pour moy,
Et le plus incredule auroit donné sa foy.
Liuie est innocente! ô Dieux, qui l'eust pû croire?

FVLVIE.

Elle va recouurer ce qu'elle a moins de gloire,
Et iusques à ce iour, tant de momens perdus,
Luy seront par vn seul heureusement rendus.

DRVSE.

Loin de la condamner, i'appreuue sa prudence.
Allons la voir, Fuluie.

FVLVIE.

Elle-mesme s'auance.

DRVSE.

Dieux! par quel mouuement me vois-je arresté?
Dans mon premier respect, ie me sens rejetté.

SCENE II.

DRVSE, LIVIE, FVLVIE.

DRVSE.

QVE n'eus-tu, ma Fuluie, vn peu de retenuë,
Ma passion encor luy seroit inconnuë,
Et ie n'attendrois pas de ma temerité,
L'arrest qu'elle medite, & que i'ay merité.
Oüy, Madame, éclattez contre ce temeraire,
Deffendez de parler à qui n'a plu se taire.

LIVIE.

Druse, il se faut porter à de hauts sentimens,
Et ne iamais descendre en ces bas complimens;

Des termes si communs sentent trop leur foiblesse,
Ce ne sont point amours de Prince & de Princesse;
Cette façon d'aimer sied bien aux Citoyens,
Mais il faut m'acquerir par de nobles moyens.
Enfin, si vous m'aymez, faites-le moy paroistre,
Montrez-vous aujourd'huy, ce que vous devez estre,
Et dignes des parens dont vous tenez le jour.

D R V S E.

Vous souffriez par raison, i'endurois par amour.
Osois-je conspirer contre vne chere vie,
Et pouuois-ie attenter sur l'Amant de Liuie?
Quoy? dedans cette erreur qu'il fut aimé de vous,
I'aurois percé son cœur de mille & mille coups;
Ie l'eusse assassiné dedans cette croyance.
Ah! Madame, l'Amour desarmoit ma vengeance;
Vous seule reteniez & suspendiez mon bras.
Ouy, mille fois sans vous i'eusse angois son trespas,
Ie l'aurois immolé dans le sein de Tybere,
A l'ombre d'Agripine, aux manes de mon pere,
Le fer ouuertement m'eust vangé du poison,
Et du cruel autheur des maux de ma maison;
Et pour rendre à mon gré ma vengeance plus pleine,
Un peu de ialousie eut augmenté ma haine,
Ie l'eusse redoublée à l'objet d'vn riual.

LIVIE

LIVIE.

Ce premier mouuement vous eut esté fatal,
Vous y pouuiez perir auec vn grand courage.

DRVSE.

I'y tomberay du moins auec quelque auantage,
Et si les grands perils me doiuent accabler,
J'inspireray la crainte à qui fait tout trembler,
Je le feray pâlir au milieu de sa suitte.

LIVIE.

C'est auoir vn grand cœur auec peu de conduite,
C'est n'estre pas vengé, que de l'estre à demy,
C'est faire vn beau spectacle aux yeux d'vn ennemy,
Qui sans estre en danger voit de loin nostre perte.

DRVSE.

Il est beau de tenter vne entreprise ouuerte.

LIVIE.

Quoy ? forcer son Palais, les armes à la main !
Ozer ce que ne peut tout le peuple Romain !
La grandeur de Sejan est trop bien établie,
Il n'est rien de puissant, que son bras n'humilie,
Son joug s'est étendu par tout cet Uniuers,
Ce monstre de Fortune a tout mis dans ses fers.

D

Si le pouuoir des Dieux n'entreprenoit sa perte,
Rome ne l'ose pas dedans la force ouuerte,
Rome aujourd'huy domptée, & si fiere autrefois,
De qui le grand orgueil ne pût souffrir des Rois,
Est aujourd'huy soûmise au caprice d'vn homme,
Digne d'assujettir cette orgueilleuse Rome !
Le premier des Cesars est pleinement vengé,
Il voit auec plaisir le Senat affligé,
Et Rome soupirer dans cette seruitude.

DRVSE.

Elle a receu le prix de son ingratitude ;
La longueur du supplice amoindrit son peché.
Ce spectacle m'émeut.

LIVIE.

          Mon cœur n'est point touché,
Et si vos interests n'estoient en sa querelle,
Je vous détournerois de trauailler pour elle.

DRVSE.

Et les siens & les miens m'occuperont le moins ;
C'est à vos interests que ie donne mes soins ;
Ie m'en vay épouser vostre seule vengeance.

LIVIE.

L'on ne se peut conduire auec trop de prudence ;

Nous sommes arriuez sur vn pas dangereux,
Et dedans vn peril à nous perdre tous deux.

DRVSE.

Si pour voftre salut mon bon-heur vous deftine,
D'vn pas tout glorieux ie marche à ma ruïne;
A vous toute la gloire, à moy tout le danger.

LIVIE.

Le peril eft trop grand, ie le veux partager,
Allez voir l'Empereur.

DRVSE.

             Que produit cette veuë?

LIVIE.

Dans deux heures d'icy vous en verrez l'iffuë;
Preparez son efprit à mes impreffions,
Son ame chaque inftant change de paffions;
C'eft le plus inégal que l'Empire ait veu naiftre;
Sejan penetre mal dans l'humeur de fon maiftre;
Et depuis quelque temps, i'y vois de la froideur;
Sejan luy fait ombrage auec tant de grandeur;
Tybere s'en défie, & n'ayant point d'affaire,
Ne cherche qu'vn pretexte à s'en pouuoir défaire.
Auecques les foupçons, qu'il a defia conceus,
Mes aduertiffemens feront bien-toft receus.

D ij

DRVSE.

Et ſi dans le ſuccés vous vous treuuez ſurpriſe !

LIVIE.

Si ie ne reüßis dedans mon entrepriſe,
Ie redonne à vos mains toutes leurs libertez;
Cés bras que ie tenois ne ſont plus arreſtez;
S'il faut vous exciter par quelque recompence,
Ie ne ſuis point ingrate.

DRVSE.

                            O belle impatience !
Ardeur qui me ſaiſis, & qui me promet tout,
Eſt-il quelque peril dont ie ne vienne à bout ?

SCENE III.

LIVIE, FVLVIE.

LIVIE.

ET bien, chére Fuluie, à la honte dés hommes,
Inutiles, ſans charge, & foibles que nous ſommes,

Nous auons entrepris, ce qu'ils n'ont pas osé.

FVLVIE.

Voſtre deſſein, Madame, eſt tres-bien propoſé;
Le Ciel dans noſtre ſexe a mis de grandes ames,
Et s'eſt ſouuent ſeruy de la vertu des femmes;
Ils vous ont deſtinée à ce fameux bon-heur,
Les hommes eſtoient peu, pour vn ſi grand honneur,
Leur ſexe a des Heros, & nous des Heroïnes.

LIVIE.

Non, non, dans noſtre ſiecle il eſt peu d'Agripines.

FVLVIE.

Vne ſeule Liuie, a merité ce nom.

LIVIE.

La femme de Sejan aſpire à ce renom;
Et l'on peut dire d'eux, auec quelque juſtice,
Que l'on vit s'allier les vertus & le vice.

FVLVIE.

Dieux! elle vient à nous, quel eſt ſon mouuement?

LIVIE.

C'eſt, ſans doute, vn effet de ſon reſſentiment.

SCENE IV.

FVLVIE, LIVIE, APICATA, VOLVZIE.

APICATA.

MAdame, mon abord a dequoy vous surprendre,
Et ie ne sçai comment vous me pourrez entendre.
Je vous viens supplier de me tirer d'erreur;
Sejan, pour vos amours, verra-t'il l'Empereur?
Ce bruit est si commun, qu'il a remply la ville.

LIVIE.

Vous auez pris, sans doute, vne peine inutille;
Ie vous asseure encor de cette verité.

APICATA.

C'est là le digne effet d'vn enorme traitté,
Et l'éclaircissement de tant de conjectures;
L'on n'a qu'à ramasser toutes les conjonctures,
Et iuger de la fin par le commencemeut;
Le passé se r'appelle en cet euenement;
Et les moins clair-voyans dedans l'ordre des choses,
Treuuent de cet Hymen les veritables causes.

N'est-ce point par mon sang, qu'il doit estre signé?
C'est là le dernier coup qu'on auoit designé;
Druse en auoit formé les premiers caractères,
Ma mort doit consommer des amours si legeres;
Pendant qu'on meditoit la mort de vostre Espoux,
Vous dressiez contre moy la pointe de vos coups;
Vostre repos, Madame, exigeoit ma ruine,
Il n'est pas bien fondé sur celle d'Agripine;
Cette pauure Princesse affermit vos grandeurs,
Et ie dois établir vos nouuelles ardeurs.
Assurez vous encor par la mort de Tybere,
Qui fit mourir le fils, peut bien tuer le pere:
Ce troisiesme attentat n'est pas encor assez,
Dans mes predictions, d'autres sont menassez;
Vostre amour est fatale, & vous cachez sous elle,
Ce que l'ame a de noir, de lâche, & d'infidelle;
Vous charmez, vous flatez ce nouueau Fauory,
Et vous le traitterez comme vostre mary:
Il trouuera bien-tost la fin de vos caresses,
Et des faueurs que font de pareilles Maistresses.
Vangez, vangez, Madame, vn si cruel affront;
Vous me faites languir, que le coup en soit prompt.

LIVIE.

Vous sçauez qui ie suis, & le peu que vous estes,
La foudre ne va point sur de si basses testes,

La Niepce des Cesars ne va pas jusqu'à vous,
Et l'on voit moins tomber, que monter son courroux :
Ie pardonne aux transports dont vous estes troublée,
Et si ie ne voyois vne ame déreglée,
Ie vous aurois appris à manquer de respect.

                    APICATA.

Ie ne deffere point à ce qui m'est supect :
Ie parle à ma riuale.

                    LIVIE.

              Aussi, c'est en ialouse.

                    APICATA.

Ie ne vous rauy point la qualité d'Espouse,
C'est vn nom glorieux à qui vous aspirez,
Vos plaisirs la dessous seront mieux asseurez,
Vostre amour par l'Hymen deuiendra legitime.

                    LIVIE.

Oüy, ie vais amoindrir la grandeur de mon crime,
Ie m'en vay reparer l'honneur que i'ay perdu.

                    APICATA.

C'est ce que Rome entiere a tousiours attendu ;
Et dès que le remords souffre qu'on le surmonte,
Qui peche sans rougir, le diuulgue sans honte.

                              SCENE V.

SCENE V.

APICATA, VOLVZIE.

APICATA.

AH! scandaleuse amour! des-honneur eternel!
Qui d'elle, ou de Sejan, est le plus criminel?
Sur lequel de ces deux tombe plus d'infamie?
Et de qui suis-je, ô Dieux! la plus juste ennemie?
Leur impudicité m'offence égalemant,
Et ie voy d'vn mesme œil la Maistresse & l'Amant,
L'vne se prostituë, & l'autre m'abandonne.

VOLVZIE.

Madame, il faut souffrir, vostre destin l'ordonne.

APICATA.

Non, il faut exposer cet adultere au iour,
Il faut faire éclater ma peine & leur amour,
A la face de Rome, étalons ce mystere,
Et portons ce flambeau jusqu'aux yeux de Tybere.

E

VOLVZIE.

Sans penser à leur perte, il faut songer à vous.

APICATA.

Bien loin de reculer, ie m'offre à leur courroux.

VOLVZIE.

Vous venez d'enflâmer la fureur de Liuie.

APICATA.

Voy par là le mépris que ie fais de la vie.

VOLVZIE.

C'en est bien vne marque, & vray semblablement,
Vous serez immolée à son ressentiment.

APICATA.

Ie ne luy rauis point sa derniere victime,
Et ie luy viens d'offrir la matiere d'vn crime,
I'ay voulu luy donner ce qu'elle demandoit.

VOLVZIE.

Elle voit arriuer ce qu'elle en attendoit,
Pourquoy luy donniez vous vn si grand auantage?
Elle se preparoit à souffrir cet outrage,

Et son impatience alloit jusqu'à ce poinct,
Que vous l'auriez surprise, en ne l'irritant point.
Desia sur ce pretexte, & dans sa preuoyance,
Cet esprit dangereux meditoit sa vengeance,
Loin d'accroistre sa rage, il la falloit flatter,
Et ne la pas reduire en estat d'éclater.

ARICATA.

Que tu penetres mal le fonds de ces pensées!
Ses conspirations y sont toutes dressées.
Ses crimes vont par ordre; & leur terme arriué,
L'on voit l'vn commencer, quand l'autre est acheué:
Ma mort doit succeder à celle d'Agripina,
Et ie vois approcher le iour de ma ruine.
Allons treuuer Cesar, desillons luy les yeux.

VOLVSIE.

Remettez vostre cause au iugement des Dieux.

APICATA.

Ah! que son repentir est bien hors d'apparence!

VOLVZIE.

Pour l'y mieux disposer, employons-y Terence;
Il peut beaucoup sur luy. Mais, ô Dieux! le voicy,
Et c'est nostre bon-heur qui nous l'adresse icy.

E ij

***

SCENE VI.

APICATA, VOLVZIE, TERENCE.

TERENCE.

IE vous viens affliger, par de tristes nouuelles.

APICATA.

J'y suis accoûtumée, & mesme aux plus cruelles ;
Et dans le triste estat où m'a mise le sort,
J'attendrois, & l'arrest, & le coup de ma mort.
Je sçait bien que Sejan fait demander Liuie.

TERENCE.

Ie ne vous cele point que c'est là son enuie,
Ie vous tairay bien moins que i'ay pris cet employ.

APICATA.

Vous, vous, son confident !

TERENCE.

Il s'est seruy de moy.

Cette commission n'est pas si criminelle.

APICATA.

Non, non, témoignez-luy quel est vostre grand zele,
Et que vous preferez son interest au mien.

TERENCE.

Je mets en mesme rang, & le vostre, & le sien;
J'honore l'vn & l'autre, & i'aime vostre fille;
Ainsi mon sort m'attache à toute la famille;
L'amour & l'amitié m'y tiennent engagé,
Et pour vostre maison mon cœur est partagé.

VOLVSIE.

Ne parlons point d'amour dans vn temps si contraire;
Si vous m'aimez encor, allez reuoir mon pere;
Tachez de l'émouuoir; & pour le mieux toucher,
Exposez à ses yeux ce qu'il a de plus cher,
Son honneur, ses amis, & toute sa famille;
Et (s'il s'en souuenoit) parlez-luy de sa fille.

APICATA.

Oüy, par cette amitié que vous nous protestez,
Et si vos sentimens ne sont point affectez,
Reuoyez mon mary, persuadez son ame,
Et rendez, s'il se peut, vn Espoux à sa femme;

Vous pouuez tout sur luy.

TERENCE.

　　　　　　　　　　Iy treuue peu d'espoir;
Mais par l'ordre du Prince, il me le faut reuoir;
Luy dire de sa part qu'il peut venir luy mesme,
Et sans craindre les Loix, demander ce qu'il aime.

Fin du Second Acte.

ACTE III

SCENE PREMIERE.

TYBERE, DRVSE.

TYBERE.

Orrompre mes soldats, & traitter vne ligue !
Dans Rome, moy present, fomenter vne brigue !
Dangereux seruiteur ! esprit lâche & conuert !
Ay-je pû carresser vn homme qui me perd ?
Le combler de faueurs, de dignitez, de graces,
Et l'ingrat pût auoir de pareilles audaces !
Qui ne s'étonneroit de ces hardis projets ?
Iusqu'à quelle insolence ont monté nos Sujets ?
Rome, jusques à quand produiras-tu des traistres,
Et quand cesseras-tu d'attenter sur tes Maistres ?
L'on pût iustifier le meurtre de tes Rois,
Il te falloit venger le mépris de tes Lois ;

Te deliurer d'vn joug que tu crûs tyrannique,
Et maintenir contr'eux la liberté publique.
La mort des Decemuirs se pouuoit pardonner,
Ils abusoient d'vn droict que tu leur pus donner ;
Le faux zele de Brute estoit inexcusable,
Le pretexte qu'il prit le faisoit moins coupable :
Mais que toy par ta main tu prennes des tyrans,
Tu trahisses ainsi les motifs que tu prens,
Que dans ta repugnance à souffrir nostre Empire,
Tu vueilles retomber sous vn regne bien pire.
As-tu pû conceuoir de semblables erreurs,
Et preferer Sejan à tes vrais Empereurs ?
Druse, vois cet escrit, tu sçauras ses menées,
Et de quel artifice elles sont ordonnées.

D R V S E, lisant cet aduis

A Tybere, Empereur. Prince, il est de ma foy
De te faire auertir de bien songer à toy,
Garde de negliger l'aduis que ie te donne,
L'on attente à l'Empire & dessus ta Personne,
Desia tes legions sont prestes de marcher,
Et c'est vn armement qu'on tâche de cacher.
Quelque precaution qu'on prenne pour leur route,
La mine qu'elles ont, éclaircit nostre doute,
Elles n'attendent plus que l'ordre de Sejan,
Et si tu ne preuiens l'effort de ce tyran,

Tu

Tu te verras bien-tost aßiegé dedans Rome,
Et forcé par tes mains de couronner cet homme,
Ou dedans, ou dehors, il a des partisans,
Qu'il entretient sans ceße à force de presens.
Ton General y mesle vn peu de conniuence,
Et presque tous tes Chefs sont de l'intelligence.
Mes compagnons, & moy, voulons sauuer l'Estat,
Et voulons t'informer d'vn si grand attentat.
Ie t'enuoye vn Courrier auec diligence.

TYBERE.

Cher Druse, il est besoin d'vn extreme prudence.

DRVSE.

Cette occurence icy n'en demande pas tant,
Il faut precipiter vn deßein important,
Ne point faire languir vne grande entreprise,
Et pourfuiure vne route, außi-tost qu'on l'a prise.

TYBERE.

Ie voy mon precipice, il y faut trébucher,
N'importe, auec courage, il y faudra marcher,
Et i'y vay conseruer vne audace Royalle,
Et cette fermeté qu'on voit par tout egale,
Vn front majestueux, vn front, que le mal-heur
N'aura point veu pâlir, ny changer de couleur.

F

Empereur, dans les fers! Prince, ou sans Diadéme!
Iusqu'à l'extremité, i'auray vescu le mesme!
Ie veux que mes vainqueurs le puissent témoigner,
Que Tybere en tous lieux a sceu l'art de regner:
Cette demißion qui ne m'est point honteuse,
Pour ton seul interest, me deuiendra fâcheuse;
Ie la supporterois auec quelque douceur,
Si ie laissois l'Empire à mon vray successeur:
Mais il faut que ie souffre vne entiere disgrace,
Et qu'vn vsurpateur le rauisse à ma race.
Cher Druse, c'estoit toy que i'auois destiné,
Et que ie choisissois pour estre couronné;
La cruauté des Dieux m'auoit rauy mon frere,
Cette mesme rigueur m'auoit osté ton pere.
O Ciel! c'estoit trop peu des maux que tu me fis!
Ton inhumanité me priua de deux fils!

DRVSE.

Seigneur, vostre indulgence estoit trop excessiue,
Et par vostre bonté tout ce desordre arriue.
Ie ne veux point gehenner l'affection des Rois,
Le peuple doit iuger des hommes par leurs choix;
Et quand de leurs faueurs ils ont crû quelqu'vn digne,
Il luy doit confirmer ce priuilege insigne;
Et sans s'examiner s'il l'auoit merité,
S'imaginer qu'il l'aye auec quelque equité.

Les Princes, de leur part, y doiuent leur prudence,
Preuenir leurs faueurs de quelque connoissance,
Et ne les point verser sur d'indignes objets,
L'on s'attire autrement la haine des subjets,
Il se fait dans l'Estat vn general murmure,
Le Prince est plus blâmé, que n'est sa creature,
Et la rage du Peuple, au moindre euenement,
En condamne la cause, & non pas l'instrument,
L'on rejette sur vous les desastres de Rome,
Tant vous auez acrû la puissance d'vn homme,
Vous auez dans luy seul ramassé les honneurs,
Vn homme sans merite, a le prix de plusieurs,
Les charges de l'Empire en luy seul sont vnies,
Vous répandez sur luy des graces infinies,
Et par vne faueur, qui fait mille jaloux,
Vous auez fait Sejan vn peu moindre que vous,
Encor abuse-t'il du credit qu'on luy donne,
L'ingrat, & l'insolent, ne carresse personne,
Et sur ces hauts degrez, où son bon heur l'a mis,
Il dédaigne d'auoir de petits ennemis.
C'est aux grandes maisons que ses desseins s'attachent,
Mais ses precautions empeschent qu'ils se sçachent,
Le poison sourdement, l'a rendu sans riuaux.

TYBERE.

Oüy, Druse, ie le crois l'autheur de tous mes maux,

F ij

I'ay trauaillé moy-mesme à ma propre ruine,
Et i'armay d'vn poignard, le bras qui m'assassine;
Oüy, sur mon propre fils il porta sa fureur.
Ah! ce cruel soupçon me donne de l'horreur!
Ostons-nous de l'esprit cette triste creance?

DRVSE.

Cette horrible action a de la vray-semblance,
Et quoy que le poison ne fut pas aueré,
Par vne circonstance on se l'est figuré;
Il recherche sa vefue.

TYBERE.

Il veut de moy Liule!
Et dans le mesme temps qu'il attente à ma vie!

DRVSE.

Ah! Seigneur, donnez-moy l'ordre de l'arrester,
Iusques dans son Palais, i'iray l'executer;
Il le faut preuenir, plûtost que de l'attendre,
Et ne luy pas laisser le temps de nous surprendre.

TYBERE.

Mes gens le saisiront auec commodité.
Macron, me réponds-tu de ta fidelité?

MACRON.

Ah ! Cesar, mille fois ie te l'ay fait paraistre,
Et telle qu'vn subjet la conserue à son Maistre.

TYBERE.

Ie puis auoir icy des sujets d'en douter,
As-tu du cœur ?

MACRON.

Assez, pour ne rien redouter.

TYBERE.

Il faut saisir Sejan ?

MACRON.

Sejan !

TYBERE.

Tu l'apprehendes ?

MACRON.

Non, i'executeray ce que tu me commandes,
Auec quelque grand soin qu'il se fasse garder.

TYBERE.

Il n'est pas de besoin de se tant hazarder ;

Ramasse tes soldats, & te rends à la porte;
S'il est accompagné, fais ta garde plus forte;
Et sur tout n'agis point que par un ordre exprés.
Toy, Regulus.

REGVLVS.

Seigneur.

TYBERE.

Tenez vous icy prés.
Druse, il nous faut icy composer nos visages,
Et ne luy point donner de sinistres ombrages;
Il doit venir bien-tost. Mais le voicy qui vient;
Sans se faire chercher, luy-mesme nous previent.

SCENE II

TYBERE, DRVSE, SEIAN, REGVLVS.

SEIAN.

CEsar, j'enfrains les loix!

TYBERE.

Qu'un autre les observe,
Ie t'en veux dispenser.

SEIAN.

Obligeante referue!

TYBERE.

Ie ne te traitte pas en homme du commun.

SEIAN.

Ie ne me laſſe point de vous eſtre importun,
Ie cherche à vos bontez de nouuelles matieres,
Et moins aux Dieux qu'à vous s'adreſſe mes prieres.
Auguſte, & vous, Ceſar, m'auez comblé de biens,
Mais de loin, vos bien-faits ont ſurpaſſé les ſiens,
Vous m'auez accordé tous les honneurs de Rome,
Et de quoy contenter tous les deſirs d'vn homme,
Le plus ambitieux s'en ſeroit aſſouuy,
Auſſi par ce ſecret vn Prince eſt mieux ſeruy,
Et ces nobles ſujets qui dédaignent la force,
Les cœurs ſe laiſſent prendre à cette douce amorce,
La liberalité fait d'aimables efforts,
Et s'acquiert les eſprits, comme l'autre les corps,
C'eſt auec paſſion qu'vn ſubjet ſe hazarde,
Mon pere auec ce cœur commanda voſtre garde,
Et s'eſtant ſignalé dans mille occaſions,
Merita voſtre eſtime & vos affections.
A peine fut-il mort en ce noble exercice,
Que l'on me confirma cèt important office,

Tout jeune que i'eſtois, ie me vis dans l'employ,
Et i'eus de beaux moyens de vous montrer ma foy;
I'ay plainement rempli ceſte belle eſperance:
Auſſi, ſi i'ay ſeruy, i'en eu la recompenſe,
La charge de Preteur, celle de Conſulat,
Et ſucceſſiuement les honneurs du Senat:
Ie commande à ce corps qui regit cent Prouinces,
Et i'ordonne, apres vous, de tous ces petits Princes;
Enfin vous m'auez fait le ſecond des Romains,
Et vous voyez, Ceſar, l'ouurage de vos mains;
Ie puis ſans vanité l'ozer preſque pretendre,
Et ie puis aſpirer au nom de voſtre gendre,
Si la veſue de Druſe a beſoin d'vn mary,
Seigneur, iettez les yeux ſur voſtre fauory:
Deſia voſtre alliance illuſtra ma famille,
Le fils de Clodius eut épouſé ma fille,
Ce glorieux Hymen ſe deuoit acheuer,
Sans le grand accident qui vint nous l'enleuer,
Et qui nous l'arrachant, au plus beau de ſon âge,
Détruiſit voſtre eſpoir, auec ce mariage.
Auguſte, voſtre pere, a voulu s'allier,
Auecques la maiſon d'vn ſimple Cheualier,
Ceſar, i'implore icy voſtre toute puiſſance,
Faites moy meriter voſtre auguſte alliance;
Et puis que voſtre ſang vous éleua ſur nous,
Par voſtre abaiſſement, approchez-moy de vous;

Il n'est rien jusque là qui vaille mon enuie,
C'est sa possession !

TIBERE

Qu'on appelle Liuie ?

SEIAN

A quel excés d'honneur portez vous vn Subjet !

TIBERE

Tu te peux deceuoir dans vn si haut projet,
Et ne te flatte point, de penser que Liuie
Prenne à son auantage vne si basse enuie,
Qu'elle daigne épouser vn simple Cheualier,
Qu'elle se méconnoisse, & se vueille oublier ;
Ce seroit vn opprobre aux familles Romaines,
Qui virent ses parens aux charges Souueraines,
Qui ne pourroient souffrir ce mélange odieux,
Ny voir ta maison jointe à la race des Dieux ;
Ie mettrois mes Neueux dans de longues querelles,
Et verrois entre vous des haines immortelles.
Où nous reduiriez-vous, si vous veniez aux mains,
Et si vos diferends partageoient les Romains ?
Mesure tes projets auecques ta puissance,
Ou les proportionne à ta seule naissance :
Toute Rome m'hait pour t'auoir agrandy,
Et i'en suis décrié, loin d'en estre applaudy.

G

Dois-je encourir pour toy l'inimitié publique,
Et mettre en ma maison un trouble domestique?
Vit-on iamais dans Rome un semblable party,
Qui fut tant inégal, & si mal assorty?
Pour l'exemple d'Auguste, il me donna sa fille,
Tant il fut inquiet, changeant & difficile;
Agrippa l'auoit euë, il me la redonna;
Cette inégalité fit qu'on le soupçonna;
Il en preuit la suitte; & s'il faut ainsi dire,
La souueraineté par là se communique;
A mesure qu'on monte, on dresse un nouueau plan,
Et d'allié du Prince, on deuient son tyran,
Voicy venir Liuie; apprenons de sa bouche,
Ce qu'elle a concerté d'un amour qui me touche,
Et ce qu'elle a conclu contre mon interest.

SCENE III.

TYBERE, DRVSE, SEIAN, LIVIE, REGVLVS.

SEIAN.

C'Est à vous, ma Princesse, à faire mon arrest;
Releuez-nous bien-tost de l'attête ou nous sommes,
Faites moy le plus grand, ou le moindre des hommes.

LIVIE.

Et bien, presomptueux, l'on voit ta vanité,
Et l'on connoist l'excés de ta temerité.
Un homme de neant a bien eu cette audace,
D'ozer faire regner sa personne & sa race!
Et le fils d'un Strabon, le fils d'un Cheualier,
Auecques les Cesars, demande à s'allier!
Quoy, Seigneur, souffrez vous cette haute insolence?

SEIAN.

Ah! Madame.

LIVIE.

Tais-toy? ie t'impose silence.

SEIAN.

Ma Princesse, est-ce ainsi que vous me trahissez?
N'auez vous point aimé, ce que vous haissez?

LIVIE.

Moy, ie t'aurois aimé, le plus lâche des hommes!
Et le plus criminel de l'Empire où nous sommes!
Tout le cours de ta vie est un débordement,
Et de mille attentats, un seul enchainement:
Instruis nous plainement de toutes tes maximes,
S'ils ne sont infinis, nombre moy tous tes crimes,

SEIANVS,

Éstalle nous par ordre vn amas de forfaits;
Dis nous pourquoy, comment, & quand ils furent faits?
Nul ne s'est diuerty du cours de ta vengeance,
Elle s'est étenduë auecque indifference;
Tu t'immole les Grands, comme les plus petits,
Et tout sang assouuit tes brûlans appetits;
Tes yeux se sont repûs de diferend carnage;
Trois testes d'Empereurs te bouchoient vn passage,
Et par ta tyrannie, on les a veu tomber;
Toute Rome, auec eux, s'en alloit sucomber;
La maison des Cesars, que tu tenois en bute,
S'alloit enuelopper dans cette grande chûte;
L'Empire, & l'Empereur, s'y seroient veus compris,
Si le Ciel ne m'eut mise au deuant du débris:
Oüy, ce Ciel irrité, qui dedans sa colere,
Souffroit l'aueuglement dans l'âme de Tybere,
Luy va monstrer l'abysme où ta main le poussoit;
Il ne veut plus de fleaux, ton regne le lassoit,
Tant de meschancetez sont à ce iour prescrites,
Ta domination excedoit ses limites;
Tu prins plus de credit, qu'il ne t'en a donné,
Et plus executé, qu'il n'auoit ordonné.

TYBERE.

Qu'entends-je icy, Sejan?

SEIAN.

Que vois-je icy, Madame?

LIVIE.

Tu l'ozes demander? consultes-en ton ame?

SEIAN.

Seigneur, elle est seduite, & Druze a concerté.

DRVSE.

Quoy, traistre!

TYBERE.

Qu'elle parle auecque liberté?

LIVIE.

Ie ne veux point parler d'vn million de crimes;
Tu les as tous cachez, ou rendus legitimes;
Quelque déguisement, dont tu les ais couuerts,
Ils paroistront vn iour aux yeux de l'Vniuers;
Et cette verité, qui va par les Prouinces,
Qu'on n'introdüit iamais aux cabinets des Princes;
S'y viendra presenter auec sa netteté;
Et sortira bien-tost de son obscurité;
Ces belles veritez, qu'on auoit obscurcies,
Ces morts qu'on pretextoit, s'y verront éclaircies;

Pison n'aura rien fait, qu'il n'ait eu tes aduis,
Et mourra criminel, pour les auoir suiuis.
Là se découurira ton horrible malice,
L'on verra qu'vn coupable a perdu son complice;
Et d'apprehension qu'on ne vit son peché,
Que ses precautions dans son sang l'ont caché;
Oüy, perfide, ce meurtre est bien plus vray-semblable,
Que le grand desespoir, dont tu le fis capable;
Vn lâche naturel, vne humeur de Pison,
Une-main toûjours preste à donner le poison,
N'auroit pas pû choisir vne mort volontaire,
Jl auroit attendu qu'elle fut necessaire;
Et cette ame si basse, attachée à son corps,
Ne l'eut abandonné que par de grands efforts.
Germanicus à peine auoit quitté la place,
Que ta temerité monta jusqu'à l'audace;
Tu te sacrifias le fils de l'Empereur;
Le fils de Claudius éprouua ta fureur,
Et par l'ambition la plus dénaturée,
La perte de ton Prince est mesme conjurée;
C'est par tous ces dégreZ que tu voulois monter,
Et tant d'empeschemens se deuoient surmonter,
Mais tu laissois, aueugle, vn obstacle en arriere;
Ie m'oppose à ta course, au bout de ta carriere;
Tu croyois voir l'effet que tu t'es projetté,
Et si proche du Trosne, on te vait arresté.

DRVSE.

Rends moy, Germanicus, & me rends Agripine,
Toy deſtructeur des miens, cauſe de leur ruine,
Abominable autheur des maux qu'ils ont ſouffers,
Deteſtable inuenteur des poiſons & des fers?
Ah! barbare, quel crime auoit commis ma mere
Pour auoir recherché l'aſſaſſin de mon pere?
Loin d'en auoir iuſtice, & d'en tirer raiſon,
Elle fut releguée, & mourut en priſon.

TYBERE.

Que réponds-tu, Sejan?

DRVSE.

      Que pourroit-il répondre?
Tous ſes déportemens ont dequoy le confondre.

SEIAN.

Ce n'eſt pas d'auiourd'huy que Druſe m'entreprend,
Il ne peut ſupporter que vous m'ayez fait grand,
Et garde vne maxime aux Princes ſi commune,
Qu'il faut choquer ſans ceſſe vn homme de fortune,
Et qu'il n'eſt pas ſeant de mettre en meſme rang,
Les ſimples Cheualiers & les Princes du ſang.
Quant à Germanicus, ſa mort fut naturelle,
Et Druſe injuſtement m'en forme vne querelle.

Pour celle d'Agripine, elle la merita;
L'on sçait à quel excés son orgueil se porta.

DRVSE.

C'est vne illusion que forment tes semblables;
Cette façon d'agir rend les Princes coupables:
Mais toy, reconnois-tu jusqu'où monte le tien?
Toy, dont la vanité n'auoit point de soûtien,
Et de qui l'insolence a pû jusque là craistre,
Que d'ozer demander la fille de ton Maistre?

LIVIE.

Quant à Druse, meschant, tu l'as empoisonné.

SEIAN.

Moy, ie l'ay fait mourir!

LIVIE.

                    Ah! l'homme abandonné!
Tu te veux preualoir du peu de témoignages;
Oüy, ie n'en puis tracer que de legers ombrages;
Ie ne te puis conuaincre en manquant de témoins;
L'entreprise fut faite auec de trop grands soins;
Ta politique enseigne à détruire vne preuue,
Elle deuoit t'apprendre à perdre aussi la veuë:
Mais le Ciel qui confond tous les conseils humains,
Qui rend, quand il luy plaist, nos raisonnemens vains,

T'a forcé, malgré toy, de te trahir toy mesme,
Et t'a fait découurir ton propre stratageme;
Tu m'apportois en dot, la teste d'vn mary;
A ce sanglant objet, sa vesue t'eut chery;
Tu t'en glorifiois, comme d'vne victoire,
Comme d'vne action toute pleine de gloire;
Tes entretiens d'amour, auoient ce compliment,
Et n'estoient embellis, que de cet ornement.
Je vous offre vn Empire, acceptez le, Madame;
Ie vous monstre par là la grandeur de ma flâme;
Elle exigeoit de moy la mort de vostre Espoux;
Quelle marque plus grande en desireriez vous?
Druse a désia pery, ie vay perdre Tybere,
A la perte du fils, joindre celle du pere;
Il n'est rien de hardy, que ie n'oze tenter,
Et par ce seul motif, de vous mieux meriter.
J'attens, pour ce grand coup, des forces d'Allemagne;
I'occupe egalement, la ville & la campagne;
Toutes les legions suiuront mes étendars,
Elles vont m'éleuer au Trosne des Cesars,
Mettre dessous mes pieds cette illustre conqueste,
Et ceux que la naissance auoit mis sur ma teste;
Perdons le jeune Druse. A tant de cruautez,
Ie frémissois en moy de tes déloyautez:
Malgré toute ma rage, il me falloit contraindre,
Deuorer mes soûpirs, m'empescher de me plaindre;

H

Et par vn vif tourment, qu'on ne peut exprimer,
Dire à mon ennemy que ie voulois l'aimer.
I'attendois ce moment, l'heure enfin est venuë,
Où ta meschanceté doit estre reconnuë;
Et desia tes remords t'empeschent de parler,
Ou te veulent contraindre à nous tout reueler.

TYBERE.

Sejan, que réponds-tu?

SEIAN.

Leur procedé m'étonne.

TYBERE.

Leue les yeux, & voy cet aduis qu'on me donne.
Quoy, tu ne rougis pas? ton front ne palit point?
Certes, ton imprudence est dans son plus haut poinct.

DRVSE.

Plus il se veut cacher, plus il se fait paroistre.

LIVIE.

Le cœur, malgré le front, se sçait faire connoistre.

SEIAN.

Cesar, c'est vn effet de leur inuention,
Et i'implore à genoux vostre protection.

Que le Ciel à vos pieds m'abisme d'vn tonnerre,
Ou que vif deuant vous, m'engloutisse la terre,
Ou que, ie sois, mon Prince, éloigné de vos yeux;
Serment bien plus sacré, que celuy de nos Dieux.

TYBERE.

Cesse de profaner vn nom si redoutable;
L'on gardera ton droict, innocent ou coupable.
Va te justifier de cet assassinat;
I'en commets l'examen au pouuoir du Senat,
Ta vie est dans ses mains, il iugera sans haine.
Qu'on le fasse assembler: Macron, que l'on l'y meine.
Vous Druse, & vous Liuie, assistez au procez,
Et ne retournez point, sans en voir le succez.

SEIAN.

Vous ressouuenez-vous de tant de bons offices,
Et que vostre salut est l'vn de mes seruices.
Seigneur, mon innocence,

TYBERE.

                              Aura ses protecteurs;
La passion n'est point parmy des Senateurs.
Si tu reuiens absous, mes bras sont tes refuges;
Sinon, ie t'abandonne à l'arrest de tes Iuges.

Fin du Troisiéme Acte.

Estes-vous sa partie?

APICATA.

Estes-vous son appuy?
Quoy, Terence, & ma Fille, osent parler pour luy,
Soyez ses delateurs, & non pas ses refuges.

VOLVZIE.

Madame, differez, les Dieux seront vos Iuges.

APICATA.

Non, ie veux voir Tybere, il m'en fera raison;
Il est interesse dedans leur trahison.

TERENCE.

Pour la troisiesme fois, ie m'en vais l'entreprendre;
Je m'en vay le reuoir.

APICATA.

Et qu'en faut-il attendre?

TERENCE.

Madame, esperons mieux, allons. Mais le voicy.

SCENE II.

SEIAN, APICATA, VOLVZIE, TERENCE.

SEIAN.

AH, ma fille ! ah, Terence ! & toy, ma femme auſſi !
Macron ſuſpês ton ordre, & ſouffre que i'embraſſe
Tous ceux que mon malheur engage en ma diſgrace.

MACRON.

Ces derniers entretiens ſont de tout temps permis,
L'on les peut eſperer des plus grands ennemis.
C'eſt auec déplaiſir.

SEIAN.

     Ne le fais point paraiſtre,
Et ſuis ioyeuſement les ordres de ton Maiſtre.
Deplore, infortunée, vn infidelle Eſpoux,
Qu'vne diuine main ramene à tes genoux,
Et qui dedans le temps qu'il t'auoit découuerte,
Par vn ſort plus fâcheux, va reſ-ouurir la perte !
Reçois de mon peché, ce repentir contraint,
Au moins, s'il eſt tardif, mon remords n'eſt pas feint.

SEIANVS,

Tu me fuis! mon abord t'est-il donc si funeste?

APICATA.

O de tous mes soupçons, preuue trop manifeste!
C'est vn trait de Liuie.

SEIAN.

Oüy, tu l'as pressenty,
Et ton fidelle instinct m'en auoit aduerty;
Elle-mesme me perd, & l'ingratte m'accuse,
D'auoir empoisonné Germanicus & Druse;
Par l'ordre de Tybere l'on me menne au Senat,
Pour me iustifier de cet assassinat.
Voy l'estat déplorable où m'a mis l'imposture.

VOLVZIE.

O sensible spectacle!

TERENCE.

O funeste auanture!

VOLVZIE.

Où le retrenuez-vous?

APICATA.

Aux lieux où ie le pers;
Aydons luy, Voluzie, à supporter ses fers.

Da

Dans ce delaiſſement où la Cour l'abandonne,
Où ce diſgracié, n'eſt conneu de perſonne.

TERENCE.

Eſt-il quelque ſpectacle eſgal à cet objet?
O ſort! pour t'exercer, as-tu prins ce ſujet?
Sejan diſgracié, Cette grande inconſtance,
Eſt ſans doute vn effort de ta toute puiſſance;
Et ſa cheute m'a mis dans vn eſtonnement,
Que n'auroit point cauſé tout autre changement,
Vn Roy depoſſedé que ſon peuple abandonne,
En ſa comparaiſon n'aura rien qui m'eſtonne,
Tous les iours la fortune à de pareils reuers
Et mille ſouuerains ſont morts dedans les fers,
Mais que cette barbare eſtande ſes outrages
Et porte ſa fureur ſur ſes propres ouurages,
Quand elle aneantit ſes plus grands fauoris
Qu'elle eſt laſſe d'aimer ceux qu'elle a tant cheris,
Qu'elle expoſe à nos yeux ces triſtes decadances
Nous deuons déplorer de telles inſolences,
N'eſt ce point vne veuë à fondre tout en pleurs
Et qu'on puiſſe nommer le comble des mal-heurs.

SEIAN.

Ouy, Rome m'honnoroit auec idolatrie
Et ie ſuis le meſpris de celuy qui me prie,
Ce Seian en faueur, ce Dieu des courtiſans
Eſt laſchement trahy de tous ſes partiſans,

Tous ses adorateurs luy manquent de parole,
Ils se vont prosterner aux pieds d'vn autre idole,
Allez la parfumer & de vœux & d'encens.
Lasches allez briguer le credit des puissans,
Et par vne habitude à perdre tous vos maistres,
Allez dire au Senat que vous estes des traistres,
Que vous m'auez seruy corrompus par mes dons,
Et que vos repentirs meritent vos pardons.

APICATA.

Ie l'auois bien preueu?

SEIAN.

Ie voy mon precipice:
Puisque i'y suis reduit il faut que s'y perisse,
Que toute ma maison s'esbranle auecque moy,
Et qu'vn poids si pesant te traine quand & soy,
Si ie suis condamné plusieurs me doiuent suiure,
Le coup dont ie mourray les empesche de viure,
Ie voy mes oppresseurs pompeux & triomphans,
Accabler mes amis, ma femme & mes enfans,
Comme s'ils poursuiuoient vne longue victoire.
D'escrier de Sejan iusques à sa memoire,
De tant d'indignitez Rome les va loüer
Et la pluspart des miens me va desaduoüer,
D'vne telle desroute horrible & generalle
Ils en vont esleuer tous ceux de leur caballe,

Defia fur ma ruine ils fe dreſſent vn plan
Et deuorent entre eux les grands biens de Sejan,
Le peuple s'y figure vn monceau de richeſſes
Que n'a point diſsipé grand nombre de largeſſes,
Vn treſor compoſé de ſang & de ſueurs
Vn amas exceſſif formé de leurs labeurs,
Mes papiers tous remplis de receptes & d'offres
Et tout l'or de l'Empire enfermé dans mes coffres,
Tibere pourra voir tout ce que i'ay laiſſé
Et le nombre des biens que i'auray ramaſſé,
Ie laiſſé trois enfans à cette prouidence
Qui contre les puiſſans protege l'innocence
Ouy, vous eſtes grands Dieux des tuteurs eternels
Ie commets mes enfans à vos ſoins paternels;
Ie ſe remets ma fille, ô conduite eternelle,
Contre nos ennemis declare-toy pour elle,
Tu la verras bien-toſt le meſpris d'vn Preteur
Le diuertiſſement d'vn fils d'vn Senateur,
Ta ſageſſe infinie eſgale mieux les choſes
Et n'ordonne de rien que par de iuſtes cauſes,
S'il eſt expedient qu'elle doiue mourir
En fille de Sejan tu la feras perir,
Loin qu'elle ſoit du peuple extermine ma race
L'aneantiſſement ſied mieux que la diſgrace,
Ie t'inſpire ma fille vn raiſonnable orgueil
Et s'il faut s'abaiſſer que ce ſoit au cercueil,
Mon ſang ne peut ſouffrir des baſſeſſes inſignes,
Apres des Empereurs tous partis ſont indignes,

Espouse le trespas & meurs auec honneur,
Ie te vay preceder?

VOLVZIE.

Ie vous suiuray Seigneur,

SEIAN.

Sans sa possession tu peux viure Terence,
Tu ne dois point briguer nostre triste alliance,
La maison de Sejan est preste à succomber,
Et c'est vn fondement qui te feroit tomber,
Et toy ma chere femme ou s'estend ton courage,
Ose-tu bien te perdre en ce commun naufrage,
Non, non, enfrains vn droit que ie n'ay point tenu
Nostre hymen de ma part fust mal entretenu,
I'ay violé nos loix tu les pourrois enfraindre
Par mon impunité tu dois cesser de craindre.

APICATA.

I'en voy le chastiment c'est moy qui l'ay causé
O Dieux! dans mes souhaits mon ame a trop osé,
Vn simple repentir eust contenté ma hayne,
Et par ce grand surcroist vous adioustez la peine,
Vous m'auez exaucee au de-là de mes vœux,
Ce n'est point sa disgrace, ou sa mort que ie veux,
Mais vous me l'accordez rigoureuse iustice,
Ordonnez donc pour moy la moitié du supplice.

SEIAN.

Non le Ciel est content de la perte de l'vn
Ie vays estre immolé pour le salut commun,
Ie m'offre en sacrifice à ce courroux celeste
Les Dieux de ma maison sauueront quelque reste,
Ma teste est le seul but ou tendra leur fureur
Allez vous prosterner aux pieds de l'Empereur,
D'vn debris general guarantissez vos testes
Mettez vous par sa grace à l'abry des tempestes,
A couuert de la main de vos persecuteurs
L'innocence opprimee a peu de protecteurs,
L'homme le plus content montre vn diuers visage
Selon qu'il considere ou le calme ou l'orage,
Et l'on voit ses esprits arrestez ou flottans
Par la diuersité des hommes ou des temps,
Voila l'vnique amy que le Ciel me conserue,
L'vn de ces genereux qui n'ont point de reserue,
Qui ne sçauent que c'est de seruir à demy,
Et sans point de motif obligent vn amy;
Presumons tout des Dieux, le Ciel n'est point barbare,
Il l'est s'il fait perir vne amitié si rare.

TERENCE.

Vous mesme esperez mieux, vous reuiendrez absous;

SEIAN.

Ie me vois condamné par la bouche de tous,

Sans que l'on m'examine, & sans qu'on en consulte,
Vn iugement si prompt, se doit faire en tumulte,
Pour se iustifier, le coup fust resolu ;
Et dira le Senat, le Prince la voulu.
Adieu, ma chere fille, adieu ma chere fâme,

VOLVZIE.

Ah ! Seigneur,

SEIAN.

                    Cachez moy ces foiblesses de l'ame,
Retenez vos soupirs :

APICATA.

                    Cruel, qu'ordonnes-tu ?

SEIAN.

C'est dans l'extremité que paroist la vertu,

MACRON.

Regulus vient à nous, le Prince le doit suiure.
Ah ! Seigneur, despechons,

SEIAN.

                    Ouy, Macron, c'est trop viure,

Cher Terence, ma femme, & toy m'a fille, adieu.

SCENE III.

APICATA, VOLVZIE, TERENCE, REGVLVS.

APICATA.

S Vivons le cher Terence;

TERENCE.

Ouy, delaissons ce lieu.

REGVLVS.

Seigneur, arrestez-vous, c'est l'ordre de Tybere;
Ie ne sais qu'obeyr.

TERENCE.

Mon offence est legere,
Mene nous à Cesar,

REGVLVS.

Luy mesme vient à nous.

SCENE IV

APICATA, VOLVZIE, TERENCE,
REGVLVS, TIBERE.

APICATA.

SEigneur, vne affligee embraſſe vos genoux.

VOLVZIE.

Ie me iette à vos pieds.

TIBERE.

Ie vous veux faire grace,
Quoy, qu'en crime d'Eſtat l'on condamne vne race.

APICATA.

Moins pour nous que pour luy i'implore vos bontez.

TIBERE.

Non il s'eſt obſtiné contre mes volontez,

Ie le voulois sauuer il n'a rien voulu dire,
Qu'il responde?

APICATA.

Ah! Cesar,

TIBERE.

Resoluez-vous au pire,
Qu'on l'emmene chez elle;

APICATA.

Ah! par tout c'est la mort.

SCENE V.

TIBERE, TERENCE.

TIBERE.

Toy que ta destinée attachoit à son sort
Par des presomptions, i'ay commandé ta prise,
Et me suis figuré que tu sçais l'entreprise,
En ce que cét amour dont tu m'auois parlé,
M'a faict conjecturer qu'il ne t'a rien celé,
Et puis qu'il t'honnora de cette confidence
Il est bien apparant qu'il t'en dit l'importance,

K

Qu'il t'aura descouvert l'estat de ses desseins
Qu'il s'aura reuelé le nom des assassins,
Comme dans mon Empire il dressoit ses parties,
Comme mes legions durent estre aduerties,
Et qu'au moindre courrier qu'on auroit ses aduis
Son ordre & ses drapeaux deuoient estre suiuis,
Que pendant que dans Rome il maintenoit ses brigues
Chez tous mes Generaux il sußitoit des ligues,
Qu'il auoit respandu grand nombre de presens
Qu'il s'acquerroit par-là de puißans partisans,
Qu'il auoit corrompu la Gaule & l'Allemagne
Que son secours marchoit la prochaine campagne,
Qu'il viendroit m'aßieger iusques dans mon Palais
Et qu'il me reduiroit à demander la paix.
Qu'vn nombre de soldats, iroient de place en place
A son election porter la populace,
Que moitié par suffrage & moitié par terreur
Rome l'honoreroit du tiltre d'Empereur,
Qu'elle tesmoigneroit de grandes complaisances
Qu'elle metroit m'a mort dans ses magnificences,
Et que par vne pompe à deuorer son char
Ie seruirois de marche à ce nouueau Cesar,
C'est ainsi que ce traistre ordonnoit ses pensees
C'est dessus ce beau plan qu'elles furent dressees,
L'entreprise est visible en tous ses procedez,
Et dans ces attentats qui se sont succedez,
Ne te picque donc point d'vne constance extreme
Et loin de le sauuer guaranty-toy toy-mesme;

Aduoüe ingenument qu'il esbranla ta foy,
Que de puissants motifs t'armerent contre moy,
Que cette passion qui fait tout mesconnoistre
Que l'amour t'aueugla, iusqu'à trahir ton maistre,
Qu'en te monstrant sa fille auec tous ses secrets
Il se fist espouser ses moindres interests.

TERENCE.

Les grands sont dangereux dans toutes leurs creances
Ils tirent leurs soubçons des moindres vray-semblaces,
Et des impressions que les Princes se font
Les maux naissét plus gräds ou moindres qu'ils ne sont,
C'est à luy d'auoüer ou de nier ce crime
Et pour mes interests ie deffends mon estime,
Les plus grands imposteurs ne la peuuent noircir
Ma vie a des clairtez, qu'on ne peut obscurcir,
Ma reputation n'est point enseuelie
Et Terence est illustre aux yeux de l'Italie,
La guerre m'esleua parmy tous ses hazards
Et ma gloire s'est faite en seruant trois Cesars,
La voix de vos soldats parle à mon aduantage
Vous seul m'en refusez vn simple tesmoignage,
Mon plus grand interest fust celuy de l'honneur
Le sort m'a contenté i'ay vescu sans bon-heur,
Sans dignitez, sans biens, sans nulle recompése
Et n'ay point excedé l'estat de ma naissance,
Il est vray que Sejan m'a mis dans la faueur
Qu'il parla de mon zele auec grande ferueur,

Qu'il auoit entrepris le foin de ma fortune
Et qu'il me reieſtoit dans vne heure oportune,
Eſt-ce vn crime d'Eſtat, que de l'auoir aymé
Et par quelle raiſon en ſerois-ie blaſmé
Mon amitié luy pluſt, i'ay recherché la ſienne
Voſtre inclination a precedé la mienne,
Nous honorions en luy l'amy de l'Empereur
Voſtre exemple Ceſar excuſoit noſtre erreur,
Vous eſtes criminel ſi nous ſommes coupables
Si vous vous abſoluez, nous ſommes pardonnables,
Le reſpect de nos loix eſt-il ſi rigoureux
Seriez-vous l'innocent & moy le mal-heureux,
Et le Senat, Seigneur, nous rendroit-il iuſtice
S'il ſauuoit le coupable & perdoit le complice,
Il nous diſtribuoit toutes les dignitez
La Cour rouloit au gré de ſes proſperitez,
Vous l'auiez eſleué ſur toutes les puiſſances
Ie luy vy diſpenſer la guerre & les finances,
La police & les loix eſtoient dedans ſes mains
Il eſtoit aprés vous l'Empereur des Romains,
Ses amis eſtoient crains & rendus neceſſaires
Il leur communiquoit vne part des affaires,
Les liberalitez qu'il receuoit de vous
Comme par vn canal s'eſpendoient iuſqu'à nous,
Nous honnorions en luy l'vne de vos Images
Et dans luy voſtre peuple adoroit vos ouurages,
Les Dieux vous ont remis la ſouueraineté
Vn pouuoir d'agrandir qui n'eſt point limité,

Eſt-ce à nous de iuger le ſecret de ſes choſes
Ny quels vous eſtewez, ny moins pour qu'elles cauſes,
Ce ſont des profondeurs que l'on ne peut trouuer
Et difficilement y peut-on arriuer,
L'on ne peut paruenir à cette cognoiſſance
La ſcience du peuple eſt dans l'obeyſſance,
Ne parlons point du iour de ſa calamité
Conſiderons le cours de ſa felicité,
Dans ce temps glorieux vn homme de merite
Euſt rendu des honneurs au moindre de ſa ſuitte,
Des eſclaues chez luy s'eſtoient tous enrichis
Et nous faiſions la Cour à tous ſes affranchis,
L'amitié de Sejan eſtoit aduantageuſe
Fauorable autrefois comme elle eſt mal-heureuſe,
Ie la veux maintenir iuſqu'au dernier arreſt
Et s'il eſt conuaincu quitter ſon intereſt,
Comme ie ne prend point le party d'vn coupable
Ie n'abandonne pas celuy d'vn miſerable,
Pour ſes amours Ceſar, il ne m'en cela rien
Ie l'en diſſuaday dedans vn entretien,
Pour ſes autres proiets s'il en eſtoit capable
Luy ſeul de ſon complot, eſt complice & coupable,
Nul ne ſçait ſes deſſeins, il ne m'en parla point
Et Sejan n'eſt amy que iuſques à ce point.

TIBERE.

Le Senat iugera deſſus les apparences
Si l'acuſation à quelques vray-ſemblances,

Et s'il peut là, dessus appuyer son arrest,
Toy qui iusqu'au peril a pris son interest,
Ta franchise m'a pleu i'y voy ton innocence
Et cét adieu si noble a destruit ma creance,
La foy peut compatir auecque l'amitié.

TERENCE

Seigneur son infortune, est digne de pitié,

TIBERE.

Ne crois point m'attandrir laisse agir la Iustice
I'ay remis au Senat sa grace ou son supplice,
Va resoudre sa femme, adieu.

TERENCE, seul.

Voyons sa fin?
Allons, allons, apprendre vn si triste destin,
Et ce que le Senat ordonnera d'vn homme
Qui pendant tant de temps à regné dedans Rome,
S'il doit seruir d'exemple aux grands de l'Vniuers
Mourons & succombons d'vn si fameux reuers.

Fin du quatriésme Acte.

ACTE V.
SCENE I.

TIBERE, suiuy de REGVLVS.

TIBERE

Rome s'est reuoltee est-elle assez hardie,
Dieux, prenez-vous party dans cette perfidie,
Et soustenant des miens les insolens proiets,
Contre leurs Empereurs armés vous des suiets,
En faueur de Sejan mon peuple se rebelle
Quel motif l'interesse à prendre sa querelle,
Peuple qui dans ta haine és tousiours obstiné
Quelque pouuoir que i'aye ay-ie mal gouuerné
Allons nous presenter à cette populace
Et d'vn front d'Empereur arrestons son audace,
La presence du Prince aura quelque pouuoir.

REGVLVS.

Cesar, ne sortez point vous pourriez l'esmouuoir,

De quartier en quartier toute Rome est en armes
Ainsi de bouche en bouche on passe ces allarmes,
L'air est battu de cris, de coups & de clameurs,
Et l'on n'entend par tout que de sourdes rumeurs,
Rome ne vit iamais des esmeutes pareilles,
Ce bruit prodigieux a frappé mes oreilles,
Et du sueil du Palais ie l'auois entendu
Quand vostre Maiesté m'y vist tout esperdu.

TIBERE.

Honteux abaissement qu'il me faille l'attendre
Et qu'vn peuple me mette en estat de me rendre,
Dangereuse imprudence, ou me vois-ie reduit
Que n'auois-ie ordonné qu'on m'en deffit sans bruit,
Que n'ay-ie decidé d'vn procez d'importance
Et pourquoy le Senat en eut-il cognoissance,
Grande raison d'Estat, ie vous pratiquay mal
Ce manque de prudence est vn defaut fatal,
Le soubçon doit suffire en vn pareil rencontre
Dans les poins delicats le iugement se monstre,
L'on se doit esclaircir par vn simple attentat
Mais perdre sourdement vn criminel d'Estat,
Et pour peu de clairtez qu'y voye vn politique
Paroistre en apparence iniuste & tyrannique,
Ne se point attacher à la formalité
Et se bien preualoir de son autorité,
I'en ay commis la faute & i'en porte la peine
Tel est l'euenement de la prudence humaine,

Nous treuuons le remede apres les accidens
Et iufqu'aux châ∫timens nous ∫ommes imprudens,
Ce∫t icy Regulus qu'il faut que ie te bla∫me
Tu deuois retenir, & Terence & ∫a fame,
Tu deuois con∫eruer ce dangereux dépo∫t
Et ta main imprudent s'en de∫ai∫it trop to∫t,
Ah ! rebelle Terence, en vain ie le menace
Il rit de ma cholere ain∫i que de ma grace,
Et ce feditieux n'e∫t plus en mon pouuoir :
C'e∫t luy qui s'e∫t armé !

REGVLVS.

Qui l'auroit pû preuoir ?

TIBERE.

Druze tout effrayé retourné auec Liuie
Parmy tant de perils a-t'il gardé ∫a vie,
Il porte dans ∫es yeux l'image du danger.

SCENE II.

DRVZE, LIVIE, TIBERE, REGVLVS.

DRVZE.

SEigneur figurez-vous vn ∫oldat e∫tranger,

Vne armeé ennemie vn conquerant dans Rome
Et iusque, ou peut monter la cruauté d'vn homme,
Ioignez-y la fureur de tous les élemens
Les tremblemens, les feux, & les desbordemens,
Il n'est rien de semblable à tant de barbaries
Il semble que l'Enfer ait vomy ses furies,
Vn deluge de sang coule de bout en bout
Et les corps entassez s'y rencontrent par tout,
L'on marche sur les morts?

TIBERE.

Desordre espouuentable;

DRVZE.

La vengeance y fait voir ce qu'elle a d'effroyable,
Des maisons qu'elle force elle en fait des tombeaux,
Le corps d'vn ennemy s'y deschire à lambeaux,
Elle arrache son cœur auecque ses entrailles
Et d'vne main sanglante elle en bat les murailles,
Elle porte les feux, les cordeaux & le fer
L'on ne voit que brusler, massacrer, estouffer,
Il se forme vne voix dés qu'elle est entenduë
L'ordre qu'on a donné vole de ruë en ruë,
Ses amis sont suiuis iusques dans leurs maisons
Et des siens l'on remplit le tybre & les prisons,
Meure, meure Sejan, crie vn peuple en colere
L'ennemy de l'Empire est celuy de Tibere,

Et d'vn redoublement, d'vn ton plus irrité
Meüre, meure, Sejan & sa posterité.

TIBERE.

Rome dans mes transports ie t'ay fait vne iniure
Et ie te rends ta gloire en cette conionĉture,
O ! terreur bien panique, ô rapport trop leger !
I'ay creu que des suiets me venoient assieger

DRVZE.

Le party de Sejan, n'estoit pas bien solide,
D'ailleurs la mort d'vn chef, rend vn party timide;

TIBERE.

Il fust conuaincu ?

LIVIE.

*   Non, & s'il fust condamné*
Par vostre Colonel il nous fust emmené,
Il parust au Senat auecque tant d'audace
Que dans son Impudence il demanda ma grace,
Il feignit deuant nous vn grand estonnement
Il imputa sa prise à quelque enchantement,
Et d'vn œil innocent enuisageant ses Iuges
Il rendit graces aux Dieux qu'il les eut pour refuges,

Cefar m'a pû iuger de plaine autorité
Et m'a remis dit-il à voftre integrité,
Il veut que l'on m'abfolue à force de fuffrages
Et que mon innocence ayt tous fes aduantages,
Loin que l'euenement en puiffe eftre douteux
Ie vay rendre à vos yeux mes ennemis honteux,
Ie fuis preft de refpondre à ce dont l'on m'accufe
Et quand aux incidens que m'a fufcité Druze,
Il eft fçeu que Pizon ne m'en accufa point
Ainfi manque de preuue il éluda ce point,
Voftre aduis luy fuft leu fans nom & fans complices
Il confondit bien-toft de fi foibles indices,
Et comme Druze en moy fondoit tout fon credit
Il me defaduoüa tout ce qu'il m'auoit dit,
Pour mieux en affoiblir toutes les circonftances
Il fe iuftifia par d'autres apparences,
Voyez peres confcrits, dit-il, aux Senateurs
L'iniufte procedé de mes accufateurs,
Si leur delation peut eftre vray femblable
Et fi mon imprudence eft iufque-là croyable,
Moy ie reuelerois vn crime que i'ay fait
Cependant de la caufe on iugea de l'effet,
L'amour preuua beaucoup fes Iuges opinerent
Sur cette coniecture & tous le condamnerent,
Les vns deliberoient qu'il mouruft en prifon
D'autres par le cordeau, d'autres par le poifon,
Luy, lifant fur leurs yeux qu'on faifoit fa fentence
D'vn pas tout furieux vers vn garde s'aduance,

Se iette a ſon coſté ſe ſaiſit d'vn poignard
Et dans ſon deſeſpoir il ſe ſert du hazard,
Ainſi par ſon treſpas il preuinſt la Iuſtice
Et luy-meſme à choiſi le genre du ſupplice,
A ſa cheute le peuple accourt dans le Senat
L'ayant examiné dans cét horrible eſtat,
Il reproche à ce corps toutes ſes tyrannies
Et ce peuple enragé l'entreine aux gemonies,
Nous en ſommes ſortis auec eſtonnement
Sans auoir eu le cœur d'en voir l'éuenement,
Et nous auons pù voir deſſus noſtre paſſage
Les horribles effets de ce premier carnage,

TIBERE.

Cette fin l'attendoit il meritoit ce ſort
Telle qu'eſt noſtre vie, & telle eſt noſtre mort,
Que tous ſes partiſans meurent ſous les ſupplices
Periſſent ſes amis auecques ſes complices,
Que le Senat s'informe & ſe ſaiſiſſe d'eux,

LIVIE.

Cét eſclairciſſement ſeroit trop hazardeux,
Conſultez cét arreſt il n'eſt pas equitable
Il perd cent Innocens pour treuuer vn coupable.

TIBERE.

Cette reserue est iuste , il les doit discerner
Et c'est à sa prudence à les examiner.

SCENE III.

TIBERE, DRVZE, LIVIE, REGVLVS.
MACRON , TERENCE.

TIBERE.

Voy-cy mon Colonel il ameine Terence,
Qu'est donc cecy Macron, s'est-il mis en deffence,

MACRON.

En vain sans mon secours il auroit combattu,

TERENCE.

Iniurieux amy pourquoy m'en tiras-tu,
Viens moy rendre à la mort redonne luy sa proye
Rome qui de mes pleurs prends des suiets de ioye,
Mes douleurs à l'enuy combattent tes plaisirs
Et moy seul ie m'oppose à tes cruels desirs,

La maiſon de Sejan eſt de tous diffamee
Ie l'aymeray, ie l'ayme, & l'ay touſiours aimee,
Ceſar reprends ta grace & reuoque vn tel don
D'vn eſprit criminel ie te rends ton pardon,
Ie veux eſtre coupable & meriter ma peine
Ie veux par ce refus me ſoumettre à ta haine,
Et t'ayant irrité ie te veux preuenir.
Ie te veux deſrober l'honneur de me punir,
Viens voir tes cruautez, admire ta vengeance
Tu verras des obiets dignes de ta preſence,
La vengeance d'vn crime a fait mille forfaits
Et l'on ne peut nombrer les meurtres qu'elle a faits,
Viens voir ton fauory trainé de place en place
Viens le voir deſchiré par vne populace,
Viens-toy, viens-toy gliſſer parmy ſes inhumains
Et viens ioindre à leurs bras le ſecours de tes mains,
Non, ton eſprit ſanglant aßiſte à ce carnage
De loin par tes ſouhaits tu prends part à leur rage,
Et par des mouuemens auſſi grands que nouueaux,
Ton cœur va ſeconder la main de ces bourreaux,
Il s'exerce auec eux ſur ce corps inſenſible
Et ton barbare eſprit ſe le deſpeint horrible,
Tu pouſſes iuſques-là des regards furieux
Et ton cœur qui s'altere y fait voler tes yeux,
Puis donc que ce ſpectacle eſt dedans ta penſee
Tu vois que ſa maiſon eſt toute renuerſee,
Qu'vn peuple furieux s'en va de part en part
Renuerſant & ſtatuë, effigie, eſtendart,

Et foulant fous les pieds ces reftes de fa gloire
Qu'il veut auec fa vie eftouffer fa memoire,
Luy, par qui l'on iuroit à perdu fon renom
C'eft vn crime d'Eftat de proferer fon nom,
Dans cette cruauté le peuple eft redoutable
Il chaftie vn foufpir vn mot eft puniffable;
Il t'a facrifié cinquante mille morts,
Rome à peine contient ce grand nombre de corps,
Pour rendre à tous les tiens fon paffage plus libre,
Il les va defcharger au riuage du Tybre,
Leur fang en abondance en fait rougir fes eaux
Et le fait inonder à force de ruiffeaux,
Nos Temples font fuiets à cette violence
L'on ne femble immoler qu'au Dieu de la vengeance,
Les autres Dieux font fours aux cris des innocens
Il femble que le Ciel fe plaife à cét encens,

TIBERE.

Et bien, en eft-ce trop pour expier fes crimes

TERENCE.

Mais pour vn feul forfait faut-il tant de victimes,
La peine de bien loin furpaffe l'attentat
Et tu perds auec luy la moitié de l'eftat,
Barbare falloit-il ce nombre de fupplices
Confondre fes amis auecque fes complices,

Forcer

Forcer mesme les yeux à le voir sans pitié
Nous faire prendre part en ton inimitié,
Et mettant dans nos cœurs vn sentiment farouche
Retenir nos souspirs au sortir de la bouche,
Ouy, cruel tes bourreaux, font voir cette rigueur
Ils vont mesme cherchant iusques au fond du cœur,
Et sans qu'ils soient trahis des yeux, ny du visage
Ses amis sont tuez, sur le premier ombrage.

TIBERE.

Qu'on cesse ce carnage?

TERENCE.

Ah ; cruel, est-il temps :
Tes yeux de tant de sang sont ils enfin contens,
Rome, Rome n'est plus qu'vn vaste cimetiere
La main de tous les tiens y manque de matiere,
Et quand comme ton cœur leurs bras se sont lassez
Apres auoir trop fait, tu me dis c'est assez,
Il ne nous reste rien de toute sa famille
La mere en se tuant à precedé la fille,
Et par vn triste instinct preuoyant son mal-heur
Le coup qu'elle se fit, fist moins que sa douleur,
Elle est morte cruel, elle a saoulé ta haine
A tes executeurs elle en osta la peine,
Encor luy iettoient-ils des regards curieux
Et s'efforçoient de loin, de l'acheuer des yeux ;

M

Ces deux fils d'vne mere effroyables reliques,
A leur tour, ont senty des morts aussi tragiques,
Le Bourreau les tenant en heurtoit les cailloux:
Et ces deux innocens sont morts dessous les coups;
Apprends, apprends encor le sort de Voluzie,
Par la fureur du peuple elle se vit saisie,
Elle qu'on destinoit au fils d'vn Empereur,
Fust, Ah n'acheuons point, ie tremble encor d'horreur,
Ie meurs, & ie ne puis t'en dire d'auantage.
Que l'on me rende au peuple, allons finir sa rage,
Macron, remeine-moy parmy ces inhumains
Ou souffre que ie meure auec mes propres mains,
Vis, vis, cruel Tybere.

TIBERE.

                              Othon, que l'on le suiue?
Et que l'on m'en responde;

TERENCE.

                              Ah! tu veux que ie viue?
Ie mourray malgré toy,

TIBERE.

                              Qu'on empesche sa mort,
Vn amy si parfait merite vn plus beau sort.

SCENE IV

TIBERE, DRVZE, LIVIE, Gardes.

TIBERE.

A Ah, Sejan, que de sang, combien couſtét tes crimes

LIVIE.

Voſtre ſalut vouloit ce nombre de victimes,

DRVZE.

Seigneur Rome vous ayme?

TIBERE.

Il s'en faut deffier,
Va trauailler toy-meſme à la pacifier,

DRVZE.

Ses coniurations ne ſont plus animees,

TIBERE.

Va voir mes legions, viſite mes armees?

Assoupis ce desordre & remonstre aux soldats
Qu'ils ont suiuy ton pere en beaucoup de combats,
Qu'ils ont deu te garder vne amitié sincere,
Et telle pour le fils qu'ils auoient pour le pere,
Ie te promets Liuie, & iusqu'à ton retour
Ie prends confidamment, le soin de vostre amour.

Fin de Sejanus.

www.ingramcontent.com/pod-product-compliance
Lightning Source LLC
Chambersburg PA
CBHW061353060726
47597CB00003B/854